DEAWANAKEREBA YOKATTA NO

First published in Japan in 2015
by TOKUMA SHOTEN PUBLISHING CÒ.,LTD.,Tokyo.
French translation rights arranged with
TOKUMA SHOTEN PUBLISHING CO.,LTD.
through CREEK & RIVER Co., Ltd,Japan.

Hana COLLECTION

www.boys-loves.fr

Adaptation graphique : 3rd Studio
Maquette : Pierrick Gontero
Traduit du japonais par : Aline Kukor
Responsable Editorial & Production : Anthony Graci

Dépot légal : Septembre 2016
ISBN 978-2-36877-519-6

Imprimé par GZ Digital Media as

出会わなければよかったの

Kiyo Komizu presents

Postface

Merci à tous de m'avoir lue !
J'espère que ce manga vous a plu,
ne serait-ce qu'un peu !!

Kiyo Komizu

Je ne vois pas comment on pourrait rester de simples amis d'enfance après ça.
HAA...
ON L'A FAIT...
OUI...
COMMENT EST-CE QU'ON APPELLE ÇA... ?
ÊTRE ASSAILLI D'ÉMO-TIONS ?
PFFT
POUR-QUOI TU RIGOLES ?
HA HA HA HA HA HA !
PARCE QUE JE M'AMUSE TOUJOURS QUAND JE SUIS AVEC TOI !

ÇA VA SORTIR... !
HAA !
OUI...
BRR
HA !
HA !
IL EST SEXY.
NE T'EN FAIS PAS...
JE SUIS LÀ, LAISSE-TOI ALLER.
......
KOTARÔ...
KOTARÔ... !
KOTARÔ !
KOTA...
KOTARÔ...
SERRE
QUOI, C'ÉTAIT ÇA QUI ALLAIT SORTIR ?
MINCE...
KOTA...
OUAH !
PLAF
PLAF
JE TE JURE... !
AH !

YUZURU ...
ÇA VA ? TU N'AS PAS TROP MAL ?
C'EST...
BRR
BIZARRE...
TRÈS BIZARRE ...
EN QUOI ?
ÇA FAIT MAL, POURTANT, JE NE DÉTESTE PAS...
ÇA N'A RIEN DE BIZARRE.
ADO-RABLE...
PLISH
PLISH
REGARDE DANS QUEL ÉTAT TU ES.
AH !?
AH !
BRR
BRR
AAH !
PLISH
PLISH

BLUUUSSH
JE T'AIME...
TU PLEURAIS DE JOIE !?
ET ALORS !?
IDIOT...
Pfiouu ! Ouf !
DÉSO-LÉ...
TU M'AS FICHU LA FROUSSE... !
J'AI ENVIE DE PLEURER ...
HEIN ?
MOI AUSSI IL M'ARRIVE DE PLEURER DE JOIE.

HEIN ?
MAIS JE NE PENSAIS PAS QUE ÇA ARRIVERAIT VRAIMENT.
TU M'EMMÈNES TOUJOURS DANS TOUTES SORTES D'ENDROITS...
... TU ME FAIS DÉCOUVRIR UN TAS DE CHOSES, ET TU ES SI GENTIL AVEC MOI...
JE NE VOULAIS PAS ME FAIRE DE FAUX ESPOIRS...
BEN, ON S'EMBRASSE TOUT LE TEMPS...
OUI, MAIS TU EMBRASSES AUSSI TES AMIS POUR RIGOLER.
JE TE DIS QUE CE N'EST PAS CE QUE TU...
ENFIN BREF, JE ME SUIS DIT...
... QUE CE SERAIT MERVEILLEUX QUE TU RESSENTES LA MÊME CHOSE QUE MOI...
JE N'ARRÊTAIS PAS D'Y PENSER EN CONTEMPLANT LA MER.
ET QU'EST-CE QUE TU RESSENS POUR MOI ?
.....

JE N'AURAIS PAS DÛ.
DES AMIS D'ENFANCE NE FONT PAS CE GENRE DE CHOSE...
TU TE TROMPES !!
CE N'EST PAS POUR ÇA...
YUZURU...
.....
POUR ÊTRE FRANC, C'EST UN PEU CE QUE J'ESPÉRAIS...
... QUAND TU AS PROPOSÉ QU'ON PASSE LA NUIT ICI.
.....
EN FAIT...

FROUSH
....!
......
YUZU...
EXCUSE-MOI.

... HEIN ?
KOTARÔ ?
QU'EST-CE QUE... ?
SLURP
OUAH... !
FRISSONNE
SLURP
AH !

AH...
....!
SLURP
NH... !
UH...
HAN... !

GRAB
POUF
HA HA HA !
C'ÉTAIT MA PREMIÈRE BATAILLE DE POLOCHONS !
JE TE JURE, T'ES VRAIMENT TROP MIGNON...
QU'EST-CE QUE TU RA-CONTES ?

JE SUIS COMPLÈTEMENT NAZE... !
AH OUI ? TU ES MOINS ÉNERGIQUE QUE TU EN AS L'AIR !
SANS COMMENTAIRE, LE MORVEUX !
SBOF
ボフッ
OUAH !
HÉ !
QUI C'EST, LE MORVEUX !?
VLAN
ばふっ
OUAH !
SBAF
SBOF
JE ME RENDS, JE ME RENDS !

FSHH
QUI SAIT...
ON NE LE SAURA JAMAIS.
EN TOUT CAS UNE CHOSE EST SÛRE, ELLES NE S'ARRÊTERONT PAS DE NOTRE VIVANT.
C'EST INCROYABLE.
KOTARÔ...
MERCI !

YUZURU ?
EXCITÉ
QU'EST-CE QUI TE PREND !?
HOP
YAAH !
YAAH ! YAAH !
FLAP
FLAP
CALME-TOI !
DÉSOLÉ...
J'AI DU MAL À CONTRÔLER MON EXCITATION DE VOIR LES VAGUES EN VRAI ET DE POUVOIR CONSTRUIRE UN CHÂTEAU DE SABLE...
HAAN
HAAN
ALORS C'EST COMME ÇA QUE TU ES QUAND TU ES EXCITÉ... ?
TROP MIGNON...
HAA...
JUSQU'À QUAND...
... EST-CE QU'ELLES VONT CONTINUER...
... LEURS VA-ET-VIENT ?
TU PARLES DES VAGUES ?
Quelle innocence...

C'EST LA MER...
TADAP
HÉ !
TU FAIS QUOI ?
SPLASH
ATTENDS !
SPLASH
T'ES UN PEU TROP ENTHOUSIASTE !!
PARDON ...
Trempé
C'EST RIEN...
IL EST MIGNON.

... ET ON PASSERA LA NUIT LÀ-BAS !
O... O.K.
SI TOUT SE PASSE BIEN...
... ON NE SERA CLAIREMENT PLUS DE SIMPLES AMIS D'ENFANCE.
ENFIN BON, C'EST NORMAL...
......

D'AC-CORD !
ET...
... CE SERAIT COOL QU'ON Y PASSE LA NUIT...
.....
MA FAMILLE DEVRAIT ÊTRE D'ACCORD.
MON FRÈRE NE S'OCCUPE PLUS TROP DE MOI, DE TOUTE FAÇON.
HA HA !
IL S'EST PAS MAL DÉTENDU...
... IL BLAGUE MÊME SUR LE SUJET, MAINTENANT.
TU NE PEUX PAS ?
.....
ON PEUT JUSTE PASSER UNE JOURNÉE ENSEMBLE DANS LE COIN, SI TU PRÉFÈRES.
NON, ON IRA À LA MER...

JE COMPRENDS, VOUS VOUS ENTENDEZ BIEN...
... ET VOUS ÊTES TOUJOURS ENSEMBLE. UN BAISER, CE N'EST PAS GRAND-CHOSE...
BIEN SÛR QUE SI !
ON PEUT S'ENTENDRE AUSSI BIEN QU'ON VEUT, EMBRASSER UN AMI C'EST JUSTE IMPOSSIBLE !
ON LE FAIT BIEN, NOUS.
SMACK
MAIS, C'EST... !!
C'EST...
C'EST... ?
C'EST QUOI ?
NE ME DITES PAS...
... QU'IL NE COMPREND PAS ?
OÙ EST-CE QU'ON VA ALLER PENDANT LES VACANCES, ALORS ?
HEIN ?
AH...
ON DEVRAIT ALLER À LA MER.

17:33
YEAAAAH !
ET POURQUOI JE DEVAIS T'EMBRASSER, D'ABORD !?
ALLEZ, FAIS PAS LA GUEULE !
C'ÉTAIT TON GAGE POUR AVOIR PERDU AU JENGA !
FROTTE
FROTTE
HOP, ENVOYÉ !
HÉ ! À QUI TU AS ENVOYÉ CETTE PHOTO !?
À ASAHINA !
ON N'EST PAS DANS LA MÊME UNIVERSITÉ DU COUP ON NE SE VOIT PLUS JAMAIS...
JE ME DEMANDE CE QU'IL DEVIENT !
QUOI ? POURQUOI LUI ENVOYER À LUI ?
CE N'EST PAS CE QUE TU CROIS.
.....

... ET IL NE M'APPROCHE P...
HEIN ?
QUOI ?
LAISSE-TOI FAIRE.
IL EST JUSTE JALOUX.

TU CROIS QU'IL ME DÉTESTE ?
HM ?
KENJI...
NON, JE T'AIME, MOI !
JE...
JE PARLAIS DU CHAT !
OH, TU CROIS ?
IL CONTINUE À VENIR SE RÉFUGIER CHEZ TOI...
... IL M'IGNORE QUAND JE L'APPELLE...

HEIN !?

POURQUOI ?
JE SUIS TOMBÉ AMOUREUX DE VOUS.
MOI AUSSI.

POURQUOI PRONONCES-TU MON NOM EN PLEURANT ?
PARCE QUE VOUS DEVEZ ME DÉTESTER...

KENJI !
ド BOM
DE QUEL KENJI TU PARLES !?
.....
DE MON VOISIN...

LE VOISIN SORTAIT AVEC UN MEC...
ÇA DEVRAIT ME DÉGOÛTER...
... mais pas du tout.
Au contraire ...
....!
UUH...
UGH...
......
KENJI...

JE NE PENSE PAS QUE CE SOIT POSSIBLE.
IL DÉTESTE KENJI...
... TOUT AUTANT QUE LE FAIT QUE JE M'OCCUPE DE LUI.
DÉSOLÉ...
JE VOUS AI CAUSÉ BEAUCOUP DE SOUCIS.
......
JE VOIS...

TOI, HORS DE MA VUE !
KHOFF
KHOFF
Flippant...
C'EST MON PETIT AMI...
ENFIN... C'ÉTAIT MON PETIT AMI.
TU DEVRAIS LE RATTRAPER ET ESSAYER DE RECOLLER LES MORCEAUX...

RENDS-LE-MOI !!
GRAAH !
SCRATCH
SALETÉ... !
SBAF
HORS DE MA VUE, SALE BÊTE !!
KENJI... !
FOUIT
HOP
STAP
ESPÈCE DE... !!
PAF

HÉ...
ON PEUT SAVOIR CE QUE TU AS L'INTENTION DE FAIRE À KENJI !?
JE ME DÉBARRASSE DE LUI.
C'EST QUOI CETTE VOIX GRAVE ?
T'EN DÉBARRASSER !?
NE DIS PAS N'IMPORTE QUOI, RENDS-LE-MOI !
KENJI EST...
ARRÊTE DE L'APPELER KENJI, BON SANG !!
IL N'Y A QU'UN SEUL KENJI ICI, ET C'EST MOI.
KENJI...
TOI AUSSI TU T'APPELLES KENJI ?
TU NE T'ES JAMAIS DIT QUE ÇA ME DÉRANGEAIT PEUT-ÊTRE QUE CETTE VULGAIRE BOULE DE POILS PORTE LE MÊME NOM QUE MOI !?
J'AI BEAU LE METTRE À LA PORTE, IL REVIENT TOUJOURS !
C'EST UNE VRAIE PLAIE !
DOOOM
C'EST TOI QUI LE LAISSES S'ÉCHAPPER !?

ATTENDS !!
ガチャ、
CLANK
AH...
QUI C'EST, LUI... ?

MARMONNE
MARMONNE
UN FANTÔME...
BLINK
MARMONNE
GSHH
JE TE LE RÉPÈTE...
ON POURRAIT EN DISCUTER CALMEMENT...
UN EXORCISME ?
BAM
ARRÊTE... !
ATTENDS...
KENJI !!

.....
.....
BLUUUSH
かあ
AH...
PARDON...
C'EST BIZARRE...
... QUE JE LE TROUVE SI MIGNON...
EST-CE QUE KENJI SE TRANSFORME EN ÊTRE HUMAIN LES NUITS DE PLEINE LUNE ?
NON, POURQUOI ?
IL N'AURAIT PAS 8 AUTRES QUEUES QUI LUI POUSSENT NON PLUS ?
EUH, NON... ?

IL S'EST ENCORE SAUVÉ ?
OUI, ET JE NE L'AI MÊME PAS VU PARTIR !
POURTANT, J'AVAIS BIEN FERMÉ LES FENÊTRES ET LA PORTE...
PAR OÙ A-T-IL PU PASSER ?
PEUT-ÊTRE QU'IL EST PARTI VOUS CHERCHER ?
MOI ?
DIS DONC, TOI...
ON DIRAIT QUE TU M'AIMES BIEN, HEIN ?
JE VOUS ADORE !

JE N'EN SAIS RIEN...
HMM ?
TU LUI RESSEMBLES...
KENJI !!
OUF, JE SUIS SOULAGÉ !
......
MONSIEUR KUROSE...

TU FERAIS MIEUX DE NE PAS TROP TE MÊLER DE SES AFFAIRES.
ON NE SAIT JAMAIS CE QU'UN DÉGÉNÉRÉ POURRAIT FAIRE...
CE NE SERAIT PAS SON GENRE.
OUAH !
MAIS POURQUOI TU PRENDS LA DÉFENSE DE CE TYPE, TOI !?
POURQUOI... ?
HAAA...
はあ、

KENJI !?
QU'EST-CE QU'IL FAIT AVEC SON CHAT... ?
QU'EST-CE QUI T'ARRIVE, KUROSE ?
J'AI MAL DORMI...
TETSUYA
DVD
BD
¥1000
J'ENTENDAIS TOUT CE QUI SE PASSAIT CHEZ MON VOISIN...
OH ? UNE DISPUTE ?
NON, JE SAIS ! C'ÉTAIT CHAUD ?
T'ES DU GENRE À AIMER ÉCOUTER TES VOISINS EN TRAIN DE FAIRE L'AMOUR ?
CE N'EST PAS COOL DU TOUT, JE TE SIGNALE !
ON DIRAIT QUE T'EN ES FIER, EN PLUS !
AVEC UN CHAT, EN PLUS...
C'EST UN PERVERS !?

NON... !
STOP...
ON ENTEND TOUT À CÔTÉ...
AH !
NH !
NNH !
EH MERDE...
....!
JE...
STOP...
KE...
KENJI... !

KENJI NE VIENT PAS ME VOIR, AUJOURD'HUI...
JE M'ENNUIE...
UNE PETITE SIESTE S'IMPOSE.
.....
....!
ATTENDS... !
NON...
J'AI DIT NON... !
.....
NH !
C'EST...
AH !

NE DITES PAS DES CHOSES PAREILLES !!
J'AI UNE PEUR BLEUE DES FANTÔMES !
QUEL TROUILLARD...
SI JAMAIS UN FANTÔME HANTE TON APPART, TU POURRAS TOUJOURS VENIR TE RÉFUGIER CHEZ MOI AVEC KENJI.
.....
CE NE SERAIT PAS SI MAL QU'IL Y EN AIT UN, ALORS.
NE DIS PAS DE SOTTISES...

KENJI ESSAIE DE GRIMPER AUX MURS…
DU COUP IL ARRACHE TOUT LE PAPIER-PEINT AU PASSAGE…
EH BEN DIS DONC…
DÉSOLÉ, JE SUIS TROP BRUYANT ?
……
C'EST RIEN, C'EST ASSEZ MARRANT.
HEIN ?
KENJI, TON CHAT…
ÇA NE LUI ARRIVE PAS DE FIXER LE VIDE, PARFOIS ?
NON, POURQUOI ?
ON RACONTE QUE LES CHATS PEUVENT VOIR LES FANTÔMES.

En entendant les bruits qui viennent de chez lui, je peux imaginer la tête qu'il fait.
TU LUI EN FAIS VOIR DE TOUTES LES COULEURS ?
IL EST BIZARRE, CE TYPE.
Mais parfois, j'entends des sons bizarres ...
MARMONNE
MARMONNE
MARMONNE
MARMONNE
MARMONNE
ON DIRAIT DES SUTRAS.
C'EST FLIPPANT...
C'EST QUOI CETTE HISTOIRE DE TAPISSERIE ?
QUOI ?
DE TAPIS-SERIE... ?
OH, ÇA... !

PAS DU TOUT, J'APPRÉCIE BEAUCOUP.
IL EST TROP BON, CE CURRY...
KENJI !
ARRÊTE DE FAIRE DES BÊTISES !
PAS LA TAPISSERIE !
LA TAPISSERIE ?
.....
HA HA HA !
QU'EST-CE QUE TU FAIS ENCORE, KENJI ?

TENEZ !
J'AI CHERCHÉ QUELQUE CHOSE DE MIEUX, MAIS C'EST TOUT CE QUE J'AI À VOUS OFFRIR !
C'EST DU CURRY, POUR ME FAIRE PARDONNER !
MINCE...
Le chat du mec d'à côté se sauve chez moi, me griffe, et pour se faire pardonner, son propriétaire m'offre du curry fait maison dans un Tupperware.
DÉSOLÉ...
JE SUIS LÀ À VOUS EMBÊTER... !
FWIT
FWIT

VOTRE MAIN...
ELLE EST TOUTE GRIFFÉE.
OUI, IL M'A ATTAQUÉ TOUT À L'HEURE...
IL VOUS A ATTAQUÉ !?
NORMAL, VU MON APPARENCE...
AH !
JE SUIS DÉSOLÉ ! ATTENDEZ-MOI, JE REVIENS DANS UNE MINUTE !
IL EXAGÈRE TOUT...
JE SUIS SINCÈREMENT DÉSOLÉ QUE KENJI VOUS AIT BLESSÉ...
ÇA SUFFIT...
AH, PARDON...
TU T'EXCUSES TROP.

IL N'EST PAS DU TOUT COMME ÇA AVEC MOI !
FOUIT
KSHHH
JE SUIS SON MAÎTRE, POURTANT...
HA HA !
IL TE PREND PEUT-ÊTRE POUR UNE PROIE ?
EN TOUT CAS, IL A L'AIR DE BEAUCOUP SE PLAIRE...
... SUR MA TÊTE !
.....
VOUS SAVEZ, VOUS ME FAISIEZ UN PEU PEUR, AVANT !
HM ?

FLAP
EXCUSEZ-MOI, JE CROIS QUE KENJI EST CHEZ VOUS !
OUI, EN EFFET !
JE... JE SUIS SINCÈREMENT NAVRÉ !
DIS DONC, KENJI !!
ALLEZ, VA VOIR TON MAÎTRE.
VOUS AVEZ DÉJÀ EU UN CHAT, MONSIEUR KUROSE ?
NON, POURQUOI ?
COMME ÇA, VOUS AVEZ L'AIR D'AVOIR L'HABITUDE...
ET ON DIRAIT QUE KENJI VOUS AIME BIEN.

C'EST LE VOISIN...
Encore désolé du dérangement !
小鳥遊
COMMENT IL S'APPELLE, DÉJÀ... ?
JE SAIS QUE LA LECTURE DES IDÉO-GRAMMES EST UN PEU PARTICULIÈRE, MAIS...
AH, OUI ! TAKANASHI, C'EST ÇA !
LES CHATS SONT INTERDITS, ICI.
KENJIII !
C'EST L'HEURE DE MANGER !
LES MURS SONT VRAIMENT EN CARTON...
Et depuis, de temps en temps...
JE DEVRAIS PEUT-ÊTRE REFAIRE UNE LESSIVE ?

EXCUSEZ-MOI MONSIEUR KUROSE, MAIS MON CHAT S'EST SAUVÉ PAR LA VÉRANDA ET IL A ATTERRI ICI...
JE VOIS...
CE N'EST PAS BIEN, KENJI !!
EN EFFET.
MIAOU
HEIN ?
MOI AUSSI JE M'APPELLE KENJI.
AH !
JE SUIS DÉSOLÉ !

......
......
HUM, COMMENT DIRE...
EUH...
DÉSOLÉ DU DÉRANGEMENT !!
VLAN
ドタ
Hé là !
SBAM
バタ
!!!
HÉ, UNE MINUTE !
MIAOUUUUUUU

EXCUSEZ-MOI, EST-CE QUE KENJI EST ICI !?
PARDON ?

d e a w a n a

k e r e b a

Kiyo Komizu

y o k a t t a n o

隣は何をする人ぞ

COMBIEN DE TEMPS ÇA PRENDRAIT, À PIED ?
HM ?
POUR ALLER À LA MER.
TU RIGOLES, ON IRA EN TRAIN !
EN TRAIN... ?
QUOI, TU ES DÉÇU ?
UN PEU !

D'où viennent ...
... les émotions, et que deviennent-elles ensuite ?
Je n'ai toujours pas trouvé la réponse...
... mais si je suis leur trace...
... j'atteindrai certainement un endroit aussi merveilleux qu'une mer scintillant de mille feux.
Et cet endroit, je veux le trouver avec lui.

D'ACCORD...
C'EST PROMIS !
SMACK
OH, RE-GARDE !
CE SERAIT PAS UN OVNI !?
IL FAIT ENCORE SEMBLANT DE RIEN...
PAH

SÉRIEUX ?
HÉ HÉ HÉ !
ON POURRAIT BOUGER UN PEU.
ALLER QUELQUE PART OÙ ON EST ENCORE JAMAIS ALLÉS...
... ENSEMBLE, TOUS LES DEUX.
ET OÙ EST-CE QUE TU N'ES JAMAIS ALLÉ ?
OH, TOUT UN TAS D'EN-DROITS ! DANS L'ESPACE, PAR EXEMPLE !
JE CROIS QUE ÇA NE VA PAS ÊTRE POSSIBLE PENDANT LES VACANCES D'ÉTÉ...
UN JOUR, C'EST SÛR QU'ON IRA !

MON FRÈRE RAMÈNE SOUVENT SES AMIS À LA MAISON.
IL A DES AMIS ?
OUI, IL LES A RENCONTRÉS SUR INTERNET.
Yo, on est venus rendre visite !
Salut !
DU COUP, IL NE ME LAISSE PRATIQUEMENT PLUS JAMAIS ENTRER DANS SA CHAMBRE.
À MON AVIS, JE VAIS AVOIR BEAUCOUP DE TEMPS LIBRE PENDANT LES VACANCES.
TU NE SERAIS PAS EN TRAIN DE M'INVITER, LÀ ?
SI...

QUOI... ?
QUAND ON ÉTAIT PETITS, TU AVAIS EXACTEMENT LE MÊME SOURIRE QUAND ON PARLAIT DE LA MER.
JE CROIS QUE DEPUIS CETTE ÉPOQUE, JE...
HEIN... ?
.....
CES TEMPS-CI...

On continuera demain !
C'était souvent comme ça qu'on se disait au revoir, quand on était gamins.
.....
TU NE VEUX PAS ?
SI...

QUAND L'ÉTÉ SERA LÀ, ON IRA À LA MER !
CE SERA NOTRE REVANCHE !
.....
Finalement ce jour-là, on a marché jusqu'au matin.
Je suis crevé !
Et j'ai la dalle !
C'est encore long, tu penses ?
Aucune idée !
Mais on ne peut pas faire demi-tour maintenant.
On fait une sauvegarde, alors ?
On dira qu'on est allés jusqu'ici aujourd'hui.

IL S'EST PASSÉ QUELQUE CHOSE ?
VOUS VOUS ÊTES RÉCONCILIÉS ?
OUAIS !
ILS SONT DANS LEUR BULLE...
... CES DEUX-LÀ.
SALUUUT !
C'EST VRAIMENT INCROYABLE LES TRAVAUX DE GROUPE.
HM ?
NOUS AUSSI ON A UN COUPLE QUI S'EST FORMÉ DANS NOTRE GROUPE.

FOUAAAH
ふあ…
VOUS AVEZ L'AIR VANNÉS TOUS LES DEUX.
ON A FAIT UNE PETITE BALADE DE NUIT.
TOUS LES DEUX ? ENSEMBLE ?
.....
C'EST UN SECRET !
UN SE-CRET ?
MOUAIS...

... son Dieu, à présent.
GRAND FRÈRE...
C'EST BON, J'AI COMPRIS.
ÇA VA ALLER.
NE T'OCCUPE PAS DE MOI, FAIS CE QUE TU VEUX.
JE DOIS RESTER AUSSI FORT QUE POSSIBLE.
APRÈS TOUT, C'EST MOI L'AÎNÉ.

ET TOI, ÇA A ÉTÉ ?
RIEN DE PARTICULIER À SIGNALER.
JE ME DÉBROUILLE TRÈS BIEN SANS TOI.
OUI...
JE SAIS.
TU ES QUELQU'UN DE FORT...
... ET C'EST CE QUE J'AIME CHEZ TOI.
.....
IL Y A DES CHOSES QUE TU AIMES OU QUE TU DÉTESTES, ALORS ?
ÉVIDEMMENT, POUR QUOI EST-CE QUE TU ME PRENDS ?
IL A CHANGÉ...
Je ne...
... suis plus...

CLAC
ガタン
SHKAC
SHKAC
TAP
TAP
TAP
SALUT !
ALORS, QU'EST-CE QUE TU AS PENSÉ DE TA PREMIÈRE ESCAPADE NOCTURNE ?
RIEN DE PARTICULIER.

... je suis sûr que j'arriverai dans un endroit merveilleux.

TU ES SI NATUREL...
J'AI L'IMPRESSION QUE MES JAMBES SONT DEVENUES PLUS LÉGÈRES...
... D'UN COUP.
TANT MIEUX !
En suivant la lumière qui se reflète à la surface de l'eau, dans la pénombre...

ET ALORS ?
ÇA VEUT DIRE QUE TU PEUX ALLER OU BON TE SEMBLE !
ÇA NE PEUT QU'ÊTRE CHOUETTE !
IL EST TOUJOURS OPTIMISTE ...
Mais à chaque fois...
... ce sont ses mots...
... qui me sauvent.

PFIOU, JE SUIS CREVÉ !
CE TYPE...
IL POURRA RENTRER CHEZ LUI DANS CET ÉTAT ?
OUAIS, SANS DOUTE.
IL PEUT BIEN ÊTRE AUSSI SAOUL QU'IL VEUT, SES JAMBES CONNAISSENT LE CHEMIN.
PEU IMPORTE LA QUANTITÉ D'ALCOOL...
... CE QU'IL A VÉCU DE DIFFICILE DE LA JOURNÉE...
... OÙ LES ENNUIS QUI L'ATTENDENT CHEZ LUI...
... SES JAMBES LE RAMÈNENT À LA MAISON.
.....
QU'EST-CE QUI NE VA PAS ?
JE N'AI PEUT-ÊTRE PLUS NULLE PART OÙ RENTRER.
.....

HA... !
HA HA HA !
......
HA HA HA HA !
HA HA HA !
HA HA HA !
VOUS VOUS MOQUEZ DE MOI, TOUS LES DEUX !?
HEIN ?
QUOI ?
JE NE SUIS PAS EN TRAIN DE DEVENIR CHAUVE !
J'AI LES CHEVEUX TRÈS FINS, C'EST TOUT !
LA POISSE, UN RELOU...
LA FERME, VIEUX SAOULARD !
RÉPÈTE UN PEU !?

* Ndt : créature aquatique du folklore japonais.

C'EST BON.
はむ
MIOM
C'EST ENCORE MEILLEUR QUAND ON LE MANGE DEHORS !
OUI...
OH, UN CHIEN !
OUI...
ビクッ
SURSAUTE
わんっわんわんっ
WOUF
わんわんわん
WOUF
IL T'A ABOYÉ...
Je suis désolé...
OUI, C'EST CE QUE FONT LES CHIENS...
SURTOUT LES PETITS !

TU N'ES PAS INQUIÈTE POUR LUI ?
ÇA NE LUI ÉTAIT JAMAIS ARRIVÉ...
PEUT-ÊTRE QU'IL A DÉCIDÉ DE FUGUER ?
CE SERAIT EMBÊTANT !
QU'EST-CE QUI SERAIT EMBÊTANT, AU JUSTE ?
QUE VOUS PERDIEZ LA POUPÉE QUI S'OCCUPE DE MOI ?
FWISH
QUELLE FAMILLE, JE TE JURE !

BIEN SÛR !
J'EN SUIS CERTAIN !
OÙ EST YUZURU ?
IL EST PARTI À LA SUPÉRETTE ET N'EST TOUJOURS PAS RENTRÉ.
CE N'EST PAS SÉRIEUX, COMMENT PEUT-IL TE LAISSER TOUT SEUL ?
......

JE VEUX Y ALLER !
PARFAIT !
AH !
MAIS...
TU T'INQUIÈTES POUR TON FRÈRE ?
IL N'Y A PERSONNE CHEZ TOI ?
SI, MA MÈRE DEVRAIT ÊTRE RENTRÉE À CETTE HEURE-CI.
AUCUN SOUCI, ALORS !
IL SE DÉBROUILLERA.
TU CROIS VRAIMENT QU'IL POURRA...
... SE PASSER DE MOI ?

.....
POURQUOI NE PAS Y ALLER TOUT DE SUITE, ALORS ?
QUOI ?
À LA MER !
.....
SI TU EN AS ENVIE, BIEN SÛR.

Je m'imaginais le jour où elle se réaliserait...
La mer...
La mer !
... et je la chérissais encore plus.
C'ÉTAIT LA SEULE CHOSE QUI ME RENDAIT HEUREUX.
MAIS PLUS TARD, JE ME SUIS RENDU COMPTE...
... QUE CETTE PROMESSE NE DEVIENDRAIT JAMAIS RÉALITÉ.
VOILÀ POURQUOI J'AI FAIT SEMBLANT DE L'AVOIR OUBLIÉE, ET JE L'AI SCELLÉE AU PLUS PROFOND DE MOI.

C'EST PLUS FORT QUE MOI...
JE NE PEUX PAS TE LAISSER DANS TON COIN.
JE NE VOIS PAS COMMENT J'AURAIS PU L'OUBLIER.
ET PUIS ON S'EST FAIT UN PRO-MESSE.
TU NE T'EN SOUVIENS PEUT-ÊTRE PAS, MAIS...
SI, JE M'EN SOUVIENS.
JE L'AI TOUJOURS CHÉRIE...
C'ÉTAIT MON TRÉSOR RIEN QU'À MOI.
PARFOIS, J'ALLAIS DEHORS...

.....
JE VOIS.
C'EST POUR ÇA...
... QUE TU TE PRÉOCCUPAIS DE MOI...
JE COMPRENDS MIEUX.
C'ÉTAIT DONC ÇA...
TU TE TROMPES !
TON FRÈRE OU QUI QUE CE SOIT D'AUTRE N'A RIEN À VOIR DANS NOTRE RELATION.
.....
ALORS, POURQUOI... ?

JE ME SENS PLUS À MA PLACE QUAND ON ME CONFIE QUELQUE CHOSE À FAIRE.
......
C'EST PAREIL POUR TON FRÈRE ?
HEIN ?
COMMENT TU...
JE SUIS ALLÉ CHEZ TOI L'AUTRE JOUR...
... MAIS TU N'ÉTAIS PAS LÀ.
DEPUIS ON S'ENVOIE PAS MAL DE MESSAGES.
IL VOULAIT QUE JE LUI DISE COMMENT TU ALLAIS.

WOOSH
がばっ
MAIS QU'EST-CE QUE JE FABRIQUE, MOI !?
......
AU...
AU FAIT, À PROPOS DU TRAVAIL DE GROUPE...
OUI ?
TU AS TOUJOURS PLUS DE BOULOT QUE NOUS, TU ES SÛR QUE ÇA VA ALLER ?
ÇA IRA...
JE PRÉFÈRE COMME ÇA.

YUZU...

deawana
kereba
Kiyo Komizu
yokattano

出会わなければよかったの
session. 4

Mais même si je le faisais...
GRAB
Rien...
NON...
... ne rede-viendrait comme avant.

TANT MIEUX !
......
YUZURU... ?
MA MAIN...
Je dois le lâcher...

CE QUE J'AI TROUVÉ RÉPUGNANT, C'ÉTAIT SIMPLEMENT LE FAIT QU'ELLES SE PERMETTENT D'INVENTER UNE RELATION ENTRE NOUS...
... ALORS QU'ELLES NE SAVENT STRICTEMENT RIEN DE NOUS DEUX.
JE N'ÉTAIS PAS FÂCHÉ CONTRE TOI.
AH BON...
ENFIN...
SI TOI TU ME DÉTESTES, JE FERAI EN SORTE DE NE PLUS T'APPROCHER.
DÉSOLÉ...
JE NE TE DÉTESTE PAS !
.....
JE NE TE DÉTESTE PAS...

DÉSOLÉ...
DE QUOI ?
ÇA DOIT ÊTRE PÉNIBLE D'ÊTRE AVEC MOI...
ET PUIS LES GENS RISQUENT DE DIRE DU MAL DE TOI.
C'EST ÇA QUI T'INQUIÈTE !?
QUITTE À T'EXCUSER, ÇA DEVRAIT ÊTRE POUR T'ÊTRE ÉLOIGNÉ DE MOI SANS ME DONNER DE RAISON VALABLE !
HEIN... ?
PARDON.
EST-CE QUE TU COMPRENDS, AU MOINS ?

YUZURU !
.....
QU'EST-CE QUE TU FAIS LÀ ?
JE SUIS VENU...
... VOIR LA RIVIÈRE.
AH BON...

ALORS COMME ÇA, IL A TROUVÉ QUELQUE CHOSE D'ASSEZ CHER À SES YEUX POUR LE FAIRE PLEURER...

GRAND FRÈRE !
QUOI ?
HUM, POUR TOUT À L'HEURE...
TOUT À L'HEURE ?
.....
JE VAIS À LA SUPÉRETTE, TU AS BESOIN DE QUELQUE CHOSE ?
COMME D'HABITUDE.
.....

虎太郎
Je ne veux plus entendre parler de Yuzuru.
たまき
Désolé, il a l'air émotionnellement instable, aujourd'hui.
たまき
En fait, on dirait plutôt qu'il vient d'ouvrir les yeux.
虎太郎
Tu me saoules.
たまき
D'après toi, quels sont les inconvénients de désobéir à Dieu ?
虎太郎
Quoi ?
たまき
C'est d'être exilé du paradis.
BIP
たまき
La vie est peut-être confortable au paradis, mais il n'y a aucune liberté. Une fois chassé dans les grandes étendues, tu n'as d'autre choix que d'avancer pour trouver de l'eau.
BIP
tu n'as d'autre choix que d'avancer pour trouver de l'eau.
たまき
De mon point de vue à moi, c'est vraiment très excitant.
BIP
虎太郎
De quoi tu parles ?
BIP
DE MA FAMILLE.
IL S'EST PASSÉ UN TRUC AVEC SON FRÈRE ?
UNE DISPUTE ?

......
UUGH...
Tout est redevenu comme avant.

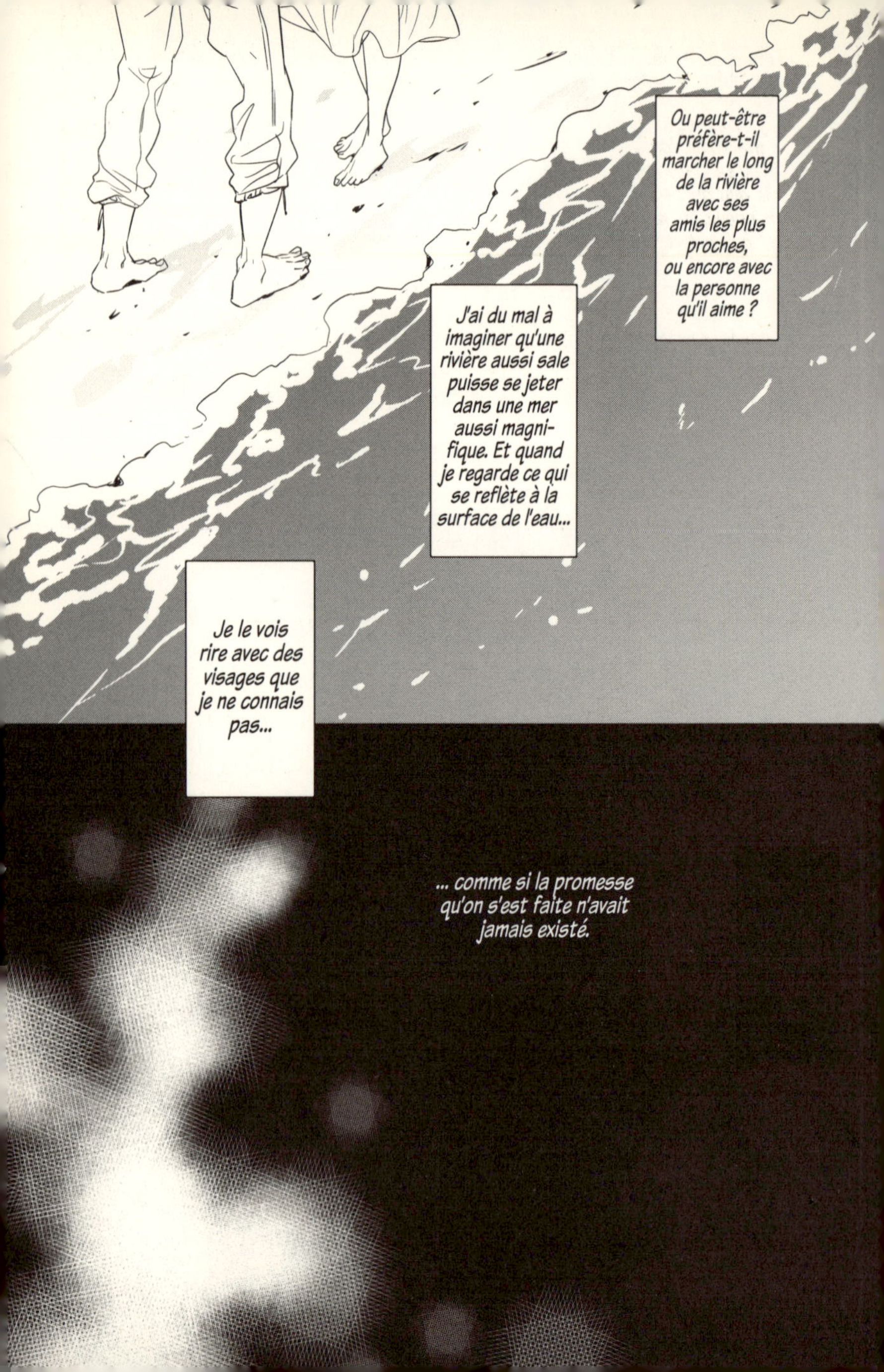
Ou peut-être préfère-t-il marcher le long de la rivière avec ses amis les plus proches, ou encore avec la personne qu'il aime ?
J'ai du mal à imaginer qu'une rivière aussi sale puisse se jeter dans une mer aussi magnifique. Et quand je regarde ce qui se reflète à la surface de l'eau...
Je le vois rire avec des visages que je ne connais pas...
... comme si la promesse qu'on s'est faite n'avait jamais existé.

«Maintenant que je suis arrivé jusqu'ici, je me rends compte à quel point les paysages sont magnifiques.»
«Le sable collé sur la plante de mes pieds, le soleil qui m'aveugle, l'odeur du sel dans l'air, le vent qui caresse ma peau, les vagues qui vont et qui viennent... et là je me demande pourquoi tu n'es pas ici, avec moi ?»
Quand on était petits, on allait souvent jouer près de la rivière et il me racontait qu'elle était reliée à la mer.
Comme je n'avais jamais vu la mer, Kotarô m'a promis qu'on irait la voir ensemble, en longeant cette même rivière.
De nombreuses années se sont écoulées depuis, et peut-être que Kotarô a fait le chemin seul jusqu'à la mer...

SBAF
ドサッ
......
J'AI ÉTÉ DÉSAGRÉABLE AVEC MON FRÈRE...
... ALORS QU'IL N'Y EST POUR RIEN.
CE CD...
TIENS !
KSHAA
Les paroles sont sous forme d'une lettre, écrite... par quelqu'un parti en voyage très loin et adressée à son ami le plus cher.

C'EST PARCE QUE JE RENTRE TOUT DROIT TE RETROUVER.
JE N'AI PLUS LE DROIT DE FAIRE AUCUN DÉTOUR EN CHEMIN.
.....
QU'EST-CE QUE TU VEUX DIRE PAR LÀ ?
....!
JE VAIS ME CHANGER !
APPELLE-MOI SI BESOIN.
D'ACCORD.
.....
JE RÊVE OU IL ÉTAIT SARCASTIQUE ?

Je pensais que si je repoussais sa main, tout redeviendrait comme avant...
SALUT !
TU RENTRES TÔT CES TEMPS-CI.
....?
.....

WOOSH
.....
J'AI DU MAL À RESPIRER.
Tout est redevenu comme avant.
Qui que je croise dans les couloirs, ça ne m'intéresse pas.
J'ai toujours préféré qu'il en soit ainsi.

TOI AUSSI TU AS BLESSÉ KOTARÔ, C'EST UN PEU TROP FACILE DE PRENDRE UN AIR TRISTE MAINTENANT.
C'EST TOI QUI AS VOULU METTRE DE LA DISTANCE ENTRE VOUS, ÇA NE DEVRAIT PAS TE POSER DE PROBLÈME QU'IL EN VIENNE À TE DÉTESTER, PAS VRAI ?
JE VOIS...
C'est pour ça qu'il faisait cette tête, je l'ai blessé...

AH...
BRR
......
AAAH !
BONK
C'EST RÉPUGNANT.
KOTARÔ EST HORS DE LUI...
ELLES ONT POUSSÉ LA BLAGUE UN PEU TROP LOIN.
......
TANT MIEUX POUR TOI ASAHINA.
PEUT-ÊTRE QU'IL AURAIT MIEUX FAIT DE RESTER LOIN DE TOI, FINALEMENT.

HAAAN !
C'EST TROP CRAQUANT, CETTE ÉVOLUTION !
DITES, LES FILLES...
JE N'AI FAIT QUE RETRANSCRIRE LA PASSION NAISSANTE ENTRE EUX, HU HU HU !
VOUS EN ÊTES OÙ ?
GYAAH !
FLAP
C'EST QUOI CETTE MERDE ?!!!
ARRÊTE !
.....
Yuzuru sentit son corps se réchauffer, là où Kotarô l'avait touché. Bouleversé par cette intense chaleur, il se surprit à murmurer "je t'aime...". Kotarô prit Yuzuru dans ses bras, et tous deux se perdirent dans le regard de l'autre.

GYAAH
SURSAUTE
PAH
IL M'ÉNERVE...

KOTARÔ !
ALORS, TU AS PU LUI PARLER ?
ÇA N'A RIEN DONNÉ.
IL FAIT...
... COMME S'IL NE S'ÉTAIT JAMAIS RIEN PASSÉ...
... ENTRE NOUS.
.....
CE N'EST PAS TRÈS SYMPA.
ÇA VA...
MAIS JE NE VEUX PLUS RIEN AVOIR À FAIRE AVEC LUI.
C'EST CE QUE TU DIS...
... MAIS TU AS L'AIR BLESSÉ.
TU NE POURRAS PAS T'EMPÊCHER DE T'EN FAIRE POUR LUI.

TRÈS BIEN... !
C'EST MIEUX AINSI...

JE T'AI FAIT QUELQUE CHOSE ?
NON...
TU N'AS RIEN FAIT, ET JE VEUX QUE TU CONTINUES...
AH...
... À NE RIEN FAIRE.

......
......
YUZURU !
TAP

KOTARÔ !
TU CHERCHES LA BAGARRE ?
PAS DU TOUT !
HEIN, YUZURU ?
OUAH…
.....
C'EST QUAND MÊME SYMPA LES TRAVAUX DE GROUPE !
IL Y A DÉJÀ UN COUPLE QUI S'EST FORMÉ DANS NOTRE GROUPE !
LA CHANCE, VOUS DEVEZ BIEN VOUS MARRER…
QU'EST-CE QU'IL Y A ?
NAN, RIEN…

NOUS ON VA S'OCCUPER DE CETTE PARTIE-CI.
O.K. !
KOTARÔ ET MOI ON SE CHARGE DU RESTE.
ASAHINA, TU POURRAIS TRADUIRE EN ANGLAIS LES PHRASES DONT ON AURA BESOIN POUR LA PRÉSEN-TATION ?
ÇA, TU PEUX LE FAIRE DE CHEZ TOI.
D'ACCORD.
.....
.....
MAIS ÇA FAIT BEAUCOUP POUR TOI TOUT SEUL, NON ?
ON PEUT T'AIDER...
NON...
JE ME DÉBROUIL-LERAI.
TU ES SÛR ?
IL A DIT QU'IL POURRAIT GÉRER, LAISSE-LE TRANQUILLE.
IL N'A QU'À BOSSER TOUT SEUL.

C'EST TOUT CHAUD...
......
POURQUOI ?
J'ai envie de pleurer...
BON, ALORS...

PEUT-ÊTRE QUE ÇA LE STRESSE SIMPLEMENT DE PASSER DU TEMPS AVEC QUELQU'UN D'AUSSI RUDE ET BRUSQUE QUE TOI ?
LE STRESSER !?
TU N'AS QU'À LUI DEMANDER DIRECTEMENT.
......

.....
DIS, T'AURAIS UN PEU DE TEMPS APRÈS LES COURS ?
JE VOUS AVAIS PRÉVENUS QUE JE NE POURRAIS PAS RESTER, IL ME SEMBLE ...
JE SAIS...
TANT PIS, DOMMAGE...
C'ÉTAIT SYMPA LE KARAOKÉ L'AUTRE JOUR !
AH !
QU'EST-CE QU'IL A ?
ON DIRAIT QU'IL EST DE MAUVAISE HUMEUR.
TAP
TAP
CE N'EST PAS UNE RAISON !
T'ES SÛR QUE TU NE LUI AS RIEN FAIT, KOTARÔ ?
QUOI !?
QU'EST-CE QUE J'AURAIS FAIT...
HEIN !?
TU N'AS AUCUNE IDÉE ?
NON !
ASAHINA A L'AIR D'ÊTRE DU GENRE DÉLICAT.

ATTENDS, TU MARCHES TROP VITE !
ON POURRAIT FAIRE LE CHEMIN ENSEMBLE !
ATTENDS !
PAH
QUOI... ?

YUZURU !
......
QU'EST-CE QUE T'AS ?
T'ES DANS LA LUNE...
RIEN DU TOUT.
HÉ !

出会わなければ
よかったの
session.3

TU CROIS SINCÈREMENT QUE TU N'EXISTES QUE DANS LE BUT DE T'OCCUPER DE MOI !?
C'EST IMPOSSIBLE !
TOI, TU PEUX SORTIR QUAND TU VEUX !
UN JOUR OU L'AUTRE, TU FINIRAS PAR M'ABANDONNER !
ÇA N'ARRIVERA JAMAIS...
JE PRÉFÈRE ENCORE RENONCER À TOI AVANT QUE ÇA N'ARRIVE !
JE N'AI PAS BESOIN DE TOI.

TU N'AS PAS PRIS TES MÉDICAMENTS.
POF
LAISSE-MOI !
GRAND FRÈRE... ?
JE NE SUIS PLUS UN GAMIN, JE SAIS CE QUE JE FAIS !
JE SAIS PARFAITEMENT QU'IL VAUDRAIT MIEUX POUR TOI QUE JE NE SOIS PLUS LÀ !
MAINTENANT QUE TU AS RETROUVÉ TON AMI D'ENFANCE ET QUE TU T'EN ES FAIT DE NOUVEAUX, JE NE SUIS PLUS QU'UNE GÊNE !
QU'EST-CE QUE TU RACONTES ?
JE...

JE SUIS ENCORE EN RETARD...
GRAND FRÈRE...
EXCUSE-MOI DE...
KHOFF
KHOFF
GRAND FRÈRE !
HUFF
HUFF
TOUT VA BIEN !?
TU VEUX DE L'EAU ?

ON DEVRAIT Y RETOURNER UN DE CES QUATRE !
BLUSH
ぶわ
SES OREILLES SONT TOUTES ROUGES...
MINCE...

DÉSOLÉ POUR HIER...
C'EST RIEN, NE T'EN FAIS PAS POUR ÇA !
JE TE REMPLACERAI LA PROCHAINE FOIS QUE TU SERAS DE CORVÉE.
JE T'ASSURE QUE CE N'EST PAS GRAVE, DÉTENDS-TOI UN PEU !
POF
......
YUZURU !
J'AI UN CD POUR TOI...
VU QUE LA CHANSON D'HIER AVAIT L'AIR DE TE PLAIRE... !
AH...
MERCI.
ALORS, TU VOIS ? TU N'AS EU AUCUN ENNUI !

Quand je suis avec lui...
Le monde tout autour de moi se met à briller...
... et je suis aveuglé.
OOOH ?
IL A L'AIR DE S'AMUSER.

C'ÉTAIT UNE BELLE CHANSON.
L'ORIGINALE EST ENCORE PLUS BELLE.
AH BON ?
OUI !
TIP
ÉCOUTE !

YUZURU !
À QUI TU L'EN-VOIES ?
FLASH
C'EST UN SECRET !
TU VEUX CHANTER QUOI, ASAHINA ?
NON, JE...
ALLEZ, CHOISIS QUELQUE CHOSE...
PROFITE !
C'EST IMPOSSIBLE POUR MOI...
IMPOS-SIBLE ?
FAIS UN EFFORT... D'ACCORD ?
O.K., À MOI !
ON VA ENCORE BIEN SE MARRER !
JE CHANTE SÉRIEU-SEMENT, JE TE SIGNALE !

MFF...
TU VERRAS, IL EST INCROYABLE !
.....
BWAAAAH
C'EST...
BWAAAAH
IMPRESSIONNANT, JE N'AI JAMAIS VU QUELQU'UN CHANTER AUSSI FAUX !
LA FERME !
QUOI... !
JE N'AI PAS HONTE, SI TU VEUX SAVOIR !
TU AS DONNÉ LE MEILLEUR DE TOI !
NE ME PRENDS PAS EN PITIÉ !
À MON TOUR !
IL EST DOUÉ...

JE DOIS LA DÉGAGER...
KOTARÔ, CHOISIS UNE CHANSON !
LAISSE-MOI FAIRE !

ET ALORS ? PASSE TON TOUR !
ÇA VA POSER PROBLÈME À L'ÉLÈVE QUI DEVAIT M'AIDER.
QUELQU'UN S'EN CHARGERA BIEN À TA PLACE !
.....
C'EST COMME ÇA QUE TOURNE LE MONDE !
ALLEZ YUZURU, ON Y VA !
MA MAIN...

JE N'Y SUIS JAMAIS ALLÉ...
SÉRIEUX ?
BIZARREMENT ÇA NE M'ÉTONNE PAS...
COOL, ON Y VA ALORS !
JE NE PEUX PAS...
TU N'AS PAS ÉCOUTÉ ASAHINA ?
IL A DIT QU'IL N'AVAIT PAS LE TEMPS APRÈS L'ÉCOLE !
S'IL N'A PAS LE TEMPS APRÈS, ON PEUT TOUJOURS Y ALLER MAINTENANT !
C'EST ENCORE PIRE !
ET POURQUOI ?
PARCE QUE JE SUIS DE CORVÉE POUR EFFACER LE TABLEAU.
HA HA HA HA HA !!

ARRÊTE DE T'EXCUSER POUR RIEN !
NE SOIS PAS SI AGRESSIF !
.....
SI ON ALLAIT AU KARAOKÉ APRÈS LES COURS, À LA PLACE ?
TU CROIS VRAIMENT QUE C'EST UNE BONNE IDÉE !?
POURQUOI PAS, CE SERAIT CHOUETTE !
TU ES PLUTÔT QUOI, TOI, ASAHINA ?
HEIN ?
CHANSONS D'ANIME ?
OU HIP-HOP, PEUT-ÊTRE ?
DE QUOI TU PARLES ?
QU'EST-CE QUE TU CHANTES D'HABITUDE AU KARAOKÉ ?

HEUREUSEMENT QUE J'AI CE STUPIDE ROBOT QUI ÉCOUTE BIEN SAGEMENT TOUT CE QUE JE LUI DIS POUR S'OCCUPER DE MOI !
YUZURU !
TU POURRAIS ENCORE RESTER UN PEU APRÈS LES COURS ?
.....
DÉSOLÉ, ÇA NE VA PAS ÊTRE POSSIBLE.
AH, BON...
SI JE PEUX FAIRE QUELQUE CHOSE DE CHEZ MOI, N'HÉSITEZ PAS À ME LE DIRE.
EXCUSEZ-MOI...

TANT MIEUX !
MÊME SI JE ME SENS UN PEU SEUL...
......
PARDON...
CLAC
JE DÉCONNE...

DÉSOLÉ...
POURQUOI TU T'EX-CUSES ?
JE NE T'AI JAMAIS OBLIGÉ À RENTRER DÈS QUE LES COURS ÉTAIENT TERMINÉS.
JE SAIS QUE MAMAN TE MET LA PRESSION, MAIS CE N'EST PAS UNE RAISON.
MAMAN N'A RIEN À VOIR LÀ-DEDANS...
TU ES SÛR ?
TU T'AMUSES BIEN À L'ÉCOLE, ALORS ?
HEIN ?
NORMAL...
HMM...

DÉSOLÉ, YUZURU...
JE T'AI FAIT PERDRE TON PRÉCIEUX TEMPS POUR RIEN.
.....
COMMENT ÇA !?
BAH...
D'UN AUTRE CÔTÉ, C'ÉTAIT QUAND MÊME MARRANT !
OUI...
C'EST RARE QUE TU RENTRES SI TARD.

POURQUOI PAS UN EXPOSÉ SUR LES CIVILISATIONS QUI PROSPÉRAIENT PRÈS DE POINTS D'EAU ?
TROP CHIANT !
ON POURRAIT PRÉSENTER ÇA DU POINT DE VUE D'UNE JEUNE ET BELLE ARCHÉOLOGUE QUI VOYAGERAIT DANS LE TEMPS ET RÉSOUDRAIT TOUS LES MYSTÈRES ANTIQUES ?
ENSUITE ELLE TOMBERAIT AMOUREUSE DU ROI DU NIL, ET SE RETROUVERAIT MÊLÉE À UN CONFLIT POLITIQUE...
MAIS BIEN SÛR...
YUZURU, DIS QUELQUE CHOSE.
EN TOUT CAS, VOUS NE MANQUEZ PAS D'IMAGINATION.
CE SERAIT PARFAIT POUR UN ROMAN OU UN MANGA, MAIS PAS POUR UN EXPOSÉ...
EN PLUS SI ÇA SE TROUVE, IL EXISTE DÉJÀ CE MANGA !
ス
PFFF
ン
HEIN !?
RASSURE-MOI, TU PLAISANTES ASAHINA ?
TU SERAIS VRAIMENT SI NAÏF !?
C'EST DINGUE LE FOSSÉ ENTRE TON APPARENCE ET TA PERSONNALITÉ !
キャー!!
KYAAAH

......
......
......
IL Y A TROP DE BRUIT...
JE DÉTESTE ÇA...
ET DONC...
POUR NOTRE TRAVAIL...

YUZURU !
SURSAUTE
AH...
ALORS, TU PEUX RESTER UN PEU APRÈS LES COURS ?
JUSTE 30 MINUTES, ÇA SUFFIRA.
IL RÉAGIT À LA VOIX DE KOTARÔ...
D'ACCORD, MAIS PAS PLUS LONGTEMPS ...
PARFAIT, ON SE VOIT TOUT À L'HEURE !

J'ai abandonné l'idée de voir la mer depuis longtemps.
Pourtant ...
SALUT, ASAHINA !
AUCUNE RÉACTION...
TU NE POURRAIS PAS RESTER UN PEU APRÈS LES COURS, AUJOURD'HUI ?
IL FAUT VRAIMENT QU'ON SE METTE D'ACCORD SUR UN THÈME POUR NOTRE GROUPE.

BLINK
ぱ
ち。
......
GSHH
NON...
JE NE VEUX ALLER NULLE PART.

ALLEZ...
VIENS !
PAH

On n'aura qu'à aller ensemble voir la mer chez ma grand-mère !
Hein ? Mais...
Tu ne risques rien avec moi.

出会わなければよかったの
session. 2

D'où viennent les émotions, et que deviennent-elles ensuite ?
Un jour, j'en trouverai la source...
Et là, enfin, je pourrai la détruire et l'enterrer à tout jamais !

EH BEN, IL Y A DES GENS QUI PÊCHENT DANS CETTE RIVIÈRE DÉGUEULASSE !
......
JE ME DEMANDE SI ELLE EST VRAIMENT RELIÉE À LA MER...
HÉ, YUZURU !

AU FAIT...
TU NE VENAIS PAS EN DOUCE DANS NOTRE JARDIN QUAND TU ÉTAIS PETIT, PAR HASARD ?
......
SI, POURQUOI ?

C'EST QUOI ? UN DE CES TRUCS À ACCROCHER SUR LE BOUCHON DES BOUTEILLES EN PLASTIQUE ?
JE LES COLLECTIONNE…
ET JE NE TE LE DONNERAI PAS !
J'EN VEUX PAS !
TU ES…
… LE FRÈRE DE YUZURU, OU UN TRUC DU GENRE ?
SON FRÈRE, OUI.
AH !
TU ES DANS SON ÉCOLE, VOUS AVEZ LE MÊME UNIFORME !
TU POURRAIS TE PRÉSENTER, AU MOINS !
C'EST BON, J'Y VIENS…
JE M'APPELLE KOTARÔ HAYASHI.
…..
OÙ EST YUZURU ?
JE L'AI ENVOYÉ À LA SUPÉRETTE PRÈS DE LA GARE…
IL NE DEVRAIT PAS TARDER.

ÇA DOIT ÊTRE PAR ICI...
POC
AÏE !
C'EST QUOI CE TRUC... ?
AH !
TOI, LÀ !
OUI, TOI !
TU PEUX ME LE RAPPORTER ? J'Y TIENS BEAUCOUP !
«TOI» ?
MERCI !

NON, RIEN DU TOUT.
JE NE DEVAIS PLUS LE REVOIR...
... LUI PARLER...
... RIRE AVEC LUI...
... NI LUI DIRE «À DEMAIN»... !

... ALORS FAITES ÇA SÉRIEUSEMENT !
ON EST ON NE PEUT PLUS SÉRIEUSES !
Gyaaah
Gyaaah
.....
IL N'A PAS CHANGÉ.
DIS, YUZURU...
HEIN ?
TU NOUS ÉCOUTES ?
OUI, OUI...
ESSAYE DE T'INTÉGRER UN PEU PLUS.
HUM...
DÉSOLÉ, MAIS JE NE PEUX PAS RESTER APRÈS LES COURS.
S'IL Y A QUOI QUE CE SOIT QUE JE PEUX FAIRE DE CHEZ MOI, DITES-LE-MOI.
D'ACCORD !
ASAHINA NE FAIT PARTIE D'AUCUN CLUB NON PLUS, JE CROIS QUE C'EST À CAUSE DE SA FAMILLE...
AH BON...
VOUS ÊTES AU COURANT DE QUELQUE CHOSE ?

HEIN... ?
NOUS AUSSIIII !
ON N'A PAS BESOIN DE VOUS !
TROP MÉCHANT !
TU VEUX BIEN, ASAHINA ?
SI VOUS VOULEZ...
GÉNIAL !
Moi aussi ?
JE...
.....
.....
IL FAUT DÉCIDER D'UN SUJET...
OUI, OUI !
L'HOMO-SEXUALITÉ CHEZ LES OFFICIERS DE L'ÈRE SENGOKU !
REJETÉ !!
ON DOIT PRÉSENTER NOTRE THÈME DANS LES GRANDES LIGNES POUR LA SEMAINE PROCHAINE...

Très bien, dans ce cas...
POURQUOI TU NE DIS PLUS RIEN ?
Perdu dans ses pensées
......
YUZURU !
ON SE MET ENSEMBLE ?
....!

Je n'ai jamais vu de plage ailleurs qu'à la télé.
Sérieux !?
J'y crois pas !
Comment on fait pour aller à la mer ?
......
Tu vois la rivière derrière la gare ?
Celle qui est sale et qui pue ?
Ouais ! Eh ben si tu la longes, je crois que tu finis par arriver à la mer !
Mais ce n'est qu'une rivière !
Les rivières sont reliées à la mer, je te dis !
Ooh !
Mais si tu vas à la mer, tu vas rouiller vu que t'es un robot !
Ce n'est pas grave, j'ai quand même envie d'y aller !

T'en as une aussi, Kotarô ? On pourrait jouer ensemble !
J'en ai pas, moi !
Mes parents ne veulent pas !
À quoi tu joues alors, d'habitude ?
Ben...
Je joue au baseball...
À la balle au prisonnier...
Je flemmarde en mangeant des friandises...
Et pendant les vacances d'été, on va à la plage !
Cool !
T'es déjà allé sur quelles plages, toi ?
Nous on va chez ma grand-mère à la campagne, elle habite près de la mer...
Je n'y suis jamais allé.

Je travaille pour les gens qui vivent ici.
C'est pour ça que j'ai été construit.
Oooh !
Impressionnant pour un robot enfant !
Quand je l'ai vu sourire, j'ai su qu'il ne pouvait pas être un robot.
Mais ...
... on a continué à faire semblant, et petit à petit, on est devenus amis.
La chance !
C'est à toi ?
Oui !
Waouh, t'es arrivé jusqu'au niveau 80 !

.....
J'ai l'air d'un robot ?
Ouais...
Alors c'est que j'en suis un.
Je te rends ta balle, maintenant file d'ici.
Ce que t'as l'air morose, c'est flippant !
Je sais, t'es un robot-bougon !
.....
N'importe quoi !
T'es le robot de cette famille ?
Oui !
Et qu'est-ce que ça fait, un robot ?

ON ÉTAIT VOISINS QUAND ON ÉTAIT PETITS.
JE JOUAIS À LA BALLE AUX PRISONNIERS AVEC DES COPAINS...
... ET ON A ACCIDEN-TELLEMENT ENVOYÉ LA BALLE DANS SON JARDIN.
Au début, j'ai cru qu'il s'agissait d'une poupée.
C'est à toi ?
Ouah !
Tu parles !
Quoi ?
Une voix sans intona-tion et un visage sans émotion.
Euh... est-ce que t'es un robot ?

NOUS ALLONS COMMENCER LES TRAVAUX DE GROUPES DES CLASSES 1 ET 2 À PARTIR D'AUJOURD'HUI.
VEUILLEZ FORMER DES GROUPES DE CINQ PERSONNES.
KOTARÔ, ON SE MET ENSEMBLE ?
OUAIS.
......
IL N'A PAS L'AIR MOTIVÉ.
IL VA SE RETROUVER TOUT SEUL...
POURQUOI TU LE DÉTESTES, AU FAIT ?
J'EN SAIS RIEN !
C'EST LUI QUI A ARRÊTÉ DE JOUER AVEC MOI DU JOUR AU LENDEMAIN !
OOH...

DIS-MOI...
SI JE SUIS UN DIEU, QU'EST-CE QUE TU ES, TOI ?
HEIN, YUZURU ?

TU PRENDS SOIN DE TON FRÈRE...
C'EST TRÈS BIEN.
JE T'AP-PELLERAI QUAND LE DÎNER SERA PRÊT.
D'AC-CORD.
NE LEUR DIS PAS QUE JE N'AI RIEN MANGÉ.
MAIS...
IL FAUT OBÉIR À TON DIEU.

QUEL SÉRIEUX !
QU'EST-CE QUE JE SUIS POUR TOI ?
UNE SORTE DE DIEU ?
TU ME PERMETS D'ÊTRE MOI-MÊME...
......
TU ES...
... MON GRAND FRÈRE.
TU ES RENTRÉ, YUZURU ?

ARRÊTE TES BLAGUES SORDIDES, CE N'EST PAS DRÔLE !
QUOI, C'EST LA VÉRITÉ. LE SIMPLE FAIT QUE JE SOIS LÀ TE PRIVE DE PLEIN DE CHOSES DANS LA VIE !
JE SUIS NÉ COMME ÇA, JE N'Y PEUX RIEN...
MAIS JE SUIS SÛR QU'AU FOND DE TOI, TU M'EN VEUX.
AU CONTRAIRE !
TU M'APPORTES ÉNORMÉMENT !
COMME QUOI ?
DES ENNUIS ? DE LA SOUFFRANCE ?

ÇA T'APPRENDRA, À CRIER...
VOILÀ, ÇA, C'EST LA SEULE EXPRESSION QUE TU PEUX AVOIR.
MOQUE-TOI DE MOI SI TU VEUX, MAIS MANGE ET PRENDS TES MÉDICAMENTS !
MOUAIS...
DE TOUTE FAÇON, IL VAUDRAIT MIEUX QUE JE MEURE RAPIDEMENT...
POUR TOUS LES DEUX...

MAIS TU RESTES TOUJOURS INEXPRESSIF, C'EST PAS DRÔLE.
TU TE FAIS PERSÉCUTER À L'ÉCOLE ?
QUI SAIT...
TU AS DES AMIS ?
QUI SAIT...
T'ES CHIANT !
C'EST PAS MARRANT DE DISCUTER AVEC TOI !
URGH !
KHOFF
KHOFF
TIENS, BOIS UN PEU D'EAU !

TU N'AS ENCORE RIEN MANGÉ...
ET TU N'AS PAS PRIS TES MÉDICAMENTS !
JE T'ATTENDAIS, YUZURU.
TU SAIS BIEN QUE JE NE PEUX PAS RENTRER À MIDI !
JE DÉCONNE !
JE VOULAIS JUSTE T'EMBÊTER.

... MAIN-
TENANT...
?
Pour
de vrai ?
C'est
promis !
De vrai
de vrai !
JE NE VEUX
PAS ME
RAPPELER.
Je n'ai pas
besoin de ça !

JE N'AI PAS ENVIE DE ME SOUVENIR.
POUR-QUOI ?
PARCE QUE JE HAIS CE TYPE.
ET GENRE TU AVAIS OUBLIÉ QUE TU LE HAÏSSAIS !?
TOI ALORS, JE TE JURE !
Tu me connais...
T'AS DU CRAN POUR ME PARLER SUR CE TON...
DASH
POURQUOI...

QUEL SALE TYPE, SÉRIEUX!!
TU CONNAIS VISAGE DE MARBRE ?
VISAGE DE MARBRE ?
C'EST YUZURU ASAHINA, DE LA CLASSE 1.
SON VISAGE RESTE TOU-JOURS INEX-PRESSIF.
DU COUP, LES FILLES L'ONT SURNOMMÉ «VISAGE DE MARBRE».
IL A UN BEAU VISAGE, CE QUI FAIT QU'ELLES DESSINENT DES MANGAS ÉROTIQUES SUR LUI...
... ET LES MECS, QUANT À EUX, NE VEULENT PAS L'APPROCHER DE PEUR D'ÊTRE REJETÉS PAR LES AUTRES.
QUOI !?
KOTARÔ, TU HABITAIS ICI, PUIS TU AS DÉMÉNAGÉ AVANT DE REVENIR T'INSTALLER DANS LE COIN, C'EST ÇA ?
OUI, À CAUSE DU BOULOT DE MA MÈRE.
TU L'AS CONNU AVANT DE DÉMÉNAGER ?
ÇA SUFFIT, MAINTENANT ...

HÉ, TOI !
TU NE T'APPELLERAIS PAS YUZURU ?
.....
SI, POURQUOI ?
OUAH, ÇA FAIT UN BAIL !
TU TE SOUVIENS DE MOI ?
JE M'APPELLE KOTARÔ !
PAH
ÇA NE ME DIT RIEN.
ATTENDS !

OH, PARDON.
.....
QUOI, JE ME SUIS EXCUSÉ.
.....
ZWOUP
QUEL SALE TYPE !
C'EST MOI QUI L'AI BOUSCULÉ, MAIS QUAND MÊME !
AH... !
QU'EST-CE-QU'IL Y A, KOTARÔ ?
SA TÊTE ME DIT QUELQUE CHOSE !

出会わなければよかったの
session. 1

Quand je lui ai posé cette question...
... il s'est mis à rougir puis m'a frappé.
Après ça, il ne m'a plus jamais embêté.
Je me demande pourquoi...
Je voulais sincèrement comprendre ce qu'il y avait d'amusant...
D'où viennent les émotions, et que deviennent-elles ensuite ?
Un jour, j'en trouverai la source...
Et là, enfin...

Au collège, il y avait un garçon de ma classe qui s'acharnait sur moi.
Il cachait mes affaires...
... me piquait ou me frappait le dos...
... ou me critiquait assez fort pour que je l'entende.
QU'Y A-T-IL DE SI AMUSANT ?

SOMMAIRE

Un manga de
KIYO KOMIZU

Hana COLLECTION